CW00552888

L'Indien
qui ne savait
pas courir

Leigh Sauerwein est née en Caroline du Nord en 1944. Fille de diplomate, elle a passé la plus grande partie de sa vie en Europe. Elle a grandi en Allemagne, en France, en Autriche et aussi à Taïwan. Auteur de nombreux livres pour enfants et adolescents, elle vit aujourd'hui à Berlin avec son mari artiste. Elle continue d'écrire aussi bien en anglais qu'en français, tout en restant en contact avec ses enfants et petits-enfants éparpillés un peu partout sur la planète. Elle a, depuis toujours, une passion : les civilisations des Indiens d'Amérique du Nord.

 Urs Landis est né en 1931 en Suisse. Passionné de dessin, il suit les cours de l'École des beaux-arts de Zurich, puis vient s'installer en France, où il travaille pour la presse, l'édition et la publicité. Il est également depuis plusieurs années professeur à l'École supérieure des arts graphiques de Paris.

Deuxième édition - avril 2019
© 2017, Bayard Éditions, pour la présente édition
© 2011, magazine *J'aime lire*
Tous droits réservés. Reproduction, même partielle, interdite.
Dépôt légal : août 2017
ISBN : 978-2-7470-8241-9
Loi 49-956 du 16 juillet 1949 sur les publications destinées à la jeunesse.

Imprimé en France par Pollina - 89250a

Leigh Sauerwein • Urs Landis

L'Indien qui ne savait pas courir

J'AIME LIRE

Autrefois, sur la grande prairie américaine, vivaient des hommes à la peau rouge.

Ils ne restaient jamais très longtemps au même endroit, car ils suivaient les troupeaux de bisons.

Ils s'habillaient avec la peau du bison et ils mangeaient sa viande.

Leurs maisons, les tipis, se démontaient en quelques minutes. Ils les plantaient en formant un grand cercle ouvert à l'est, là où le soleil se lève.

Dans une de leurs tribus, les Dakotas (ce qui veut dire les alliés), que l'on connaît mieux sous le nom de Sioux, vivait Huchté, un enfant qui ne ressemblait pas aux autres.

1

Le fils de Tabloka

On l'appelait Huchté-le-Boiteux dans la tribu, à cause de son pied déformé. On l'appelait Huchté-le-Boiteux parce qu'il était né comme ça. C'était son destin et personne n'y pouvait rien.

Alors, quand les garçons de son âge couraient sur la prairie, Huchté traînait encore dans la poussière autour du tipi comme un petit enfant dans les jupes de sa mère. Et quand les garçons apprenaient à tirer à l'arc,

Huchté gardait le bébé et surveillait la soupe.

C'est qu'il n'avait pas la force des autres garçons. Ses bras étaient maigres comme les os rongés par les chiens du village. Son corps balançait bizarrement de droite à gauche quand il marchait, et sa voix était faible.

Quand il traversait le village, les filles riaient sur son passage. Écaille-de-Tortue montrait ses petites dents blanches et secouait ses nattes noires comme l'aile du corbeau. Et ses amies Petit-Chemin et Soleil faisaient de même. Elles se racontaient des choses ensuite, en cachant leurs bouches avec leurs mains. Puis elles riaient de plus en plus fort.

Huchté fuyait toujours les filles. Pourtant il savait que le rire d'Écaille-de-Tortue n'était pas méchant. Mais il pressait tout de même le pas chaque fois qu'il la voyait en se disant que la jolie Écaille-de-Tortue devait mépriser Huchté-le-Boiteux.

Le soir, sous le tipi, son père, Tabloka, l'attirait souvent près de lui.

– Ne rêve pas d'une vie impossible pour toi, mon fils, disait-il alors. Ton cœur deviendra froid comme une pierre à force de penser constamment à ton pied. Le monde est grand, Huchté, ouvre tes yeux. Observe la vie autour de toi. Elle te montrera ton chemin.

Mais Huchté ne comprenait pas. Il savait seulement qu'il était Huchté-le-Boiteux, fils de Tabloka, un des plus célèbres guerriers de la tribu. Et il pensait, au fond de lui-même, que Tabloka ne disait pas la vérité.

Il pensait que Tabloka avait sûrement honte de lui, honte de ce fils qui ne savait rien faire et qui marchait en boitillant comme un oiseau à l'aile brisée.

Sans répondre, il repoussait les bras de son père, il se traînait jusqu'à ses peaux de bêtes, il les tirait sur sa tête et s'endormait dans un monde tout noir.

2

Le cœur triste

– Huchté, va me chercher de l'eau à la rivière, lui disait sa mère au lever du jour.

Huchté obéissait, car à huit ans, on obéit à sa mère, on ne répond pas comme les hommes. Mais quand il était assez loin pour qu'on ne l'entende pas, il grommelait : «C'est un travail de femme !»

Jour après jour, le monde lui semblait devenir de plus en plus petit. Il n'y avait que le tipi avec le bébé à garder, la soupe à surveiller et le petit chemin qui conduisait à la rivière.

« J'aimerais disparaître ! » se disait Huchté en plongeant le sac en peau de bison dans la rivière pour recueillir l'eau. « Je voudrais devenir une ombre, l'ombre de la plus petite chose, l'ombre d'une fourmi ! Alors, même le Grand Esprit ne pourrait plus voir Huchté-le-Boiteux. »

Un jour, Tabloka dit à Huchté :

– Viens.

Il marcha lentement pour permettre à son fils de le suivre, il l'emmena au bord du grand cercle de tipis, face à la prairie.

– Regarde le ciel, mon fils, dit-il avec un geste de son grand bras. N'est-il pas comme un père ? Regarde la terre au-dessous de lui. N'est-elle pas comme une mère ? Toutes les choses vivantes sont leurs enfants : tout ce qui a des jambes, des pattes, des ailes ou des racines.

Soulevant son fils, Tabloka lui répéta dans l'oreille :

– *Mitakuyé oyasin.*

Ce qui veut dire : « Je suis de la grande famille des choses vivantes. »

Huchté apprit ces mots, mais il ne les comprenait pas, car son cœur devenait froid comme une pierre.

3

Dans la prairie

Les saisons passèrent, et Huchté prit l'habitude de s'éloigner du village pendant des heures.

Il allait loin, malgré sa mauvaise jambe. Il cherchait des endroits où personne ne pouvait le voir, où il n'entendait pas les cris des garçons qui se tiraient dessus avec des flèches en bois pour se préparer à devenir de grands chasseurs, de courageux guerriers.

– Voilà Huchté qui s'en va à nouveau, disait sa mère, exaspérée.

Elle aurait bien voulu qu'il reste pour garder
le bébé et surveiller la soupe. Mais Tabloka lui
répondait avec une grosse voix

– Laisse-le ! Il regarde le monde.

Souvent, Huchté s'enfonçait dans la prairie
qui s'étendait aussi loin que les yeux pouvaient
voir, pour se confondre enfin avec le ciel. Là,
il se couchait sur le ventre dans les hautes herbes. D'abord il écoutait le chant du vent et puis
il écoutait les bruits plus petits, le battement
des ailes d'un oiseau, le bourdonnement des
insectes. Un jour, Huchté crut même entendre

le passage d'une colonne de fourmis qui por-
taient des brindilles.

Il restait tellement immobile sur la prairie
que les oiseaux venaient tout près de lui pour

picorer. Il pensait : « Vous, au moins, vous êtes mes amis, vous vous sentez bien près de moi. »

Hiver comme été, Huchté continuait ses longues promenades. Son corps chétif se renforçait, sans qu'il s'en aperçoive. Parfois il emportait de la viande séchée avec lui dans une petite sacoche et il ne revenait pas pendant deux ou trois jours de suite. Il couchait sous des buissons ou il creusait un trou dans la terre pour s'abriter du vent.

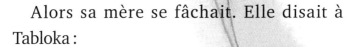

Alors sa mère se fâchait. Elle disait à Tabloka :

– L'enfant est encore fragile ! Tu ne dois pas permettre ça ! Et si les ennemis le capturaient ? Et s'il rencontrait un gros animal ?

Mais Tabloka, avec une drôle de lueur dans les yeux, répondait toujours la même chose.

– Tais-toi, ma femme. Notre fils regarde le monde !

4

Les guerriers

Huchté était loin, là où personne ne pouvait voir le boitement qui faisait basculer son corps de droite à gauche, de gauche à droite. Il guettait les renards dans la forêt pendant des heures, pour voir, avec un frisson de joie, l'éclat rouge de leur fourrure entre les arbres.

Parfois, il se cachait au bord de la rivière et il surveillait le travail du castor, « celui-qui-nage-avec-un-bâton-en-bouche ».

Et il voyait que dans la grande famille du

castor, chacun avait son travail : chacun savait ce qu'il devait faire, aucun n'était inutile.

«C'est comme au village, se disait Huchté. Il y a les éclaireurs et les chasseurs, et les vieilles femmes qui prédisent le temps. Il y a ceux qui fabriquent les armes et les grands guerriers, et puis il y a l'homme sage, celui qui connaît tout, qui guérit. Chacun sait ce qu'il doit faire. Personne n'est inutile. »

Huchté disait tristement aux castors :

– Vous, vous êtes des enfants du ciel et de la terre, mais moi... *Tuwé miyé hé*..., qui suis-je ?

Mais, comme les castors ne lui répondaient pas, Huchté sortait lentement de sa cachette et il s'en allait.

Il retournait à la prairie. Il s'allongeait dans les hautes herbes, le visage tourné vers le ciel, les bras écartés, et il attendait. Peu à peu, les animaux venaient à lui. Huchté ouvrait ses mains remplies de graines. Les oiseaux et les souris s'approchaient pour manger.

Puis les papillons, les « ailes-qui-frémissent »,
se posaient sur son bras immobile, s'ouvrant,
se fermant, et s'ouvrant à nouveau. Parfois, ils
voletaient autour de lui comme s'il était une
fleur.

Alors, Huchté était vraiment heureux.

Mais un jour, ce fut la guerre avec les ennemis de la tribu. Tabloka s'en alla avec les autres
hommes.

Un curieux silence s'installa dans le village.

Enfin, un soir au coucher du soleil, les guer-

riers revinrent, lançant leurs chevaux au galop
entre les tipis et criant victoire.

Caché dans l'ombre, Huchté vit les blessu-
res de leurs corps et la peinture de guerre,
jaune, rouge et noire, sur leurs visages, leurs
poitrines et leurs bras.

La nuit venue, les
guerriers dansèrent,
gracieux et puissants,
dans la lumière du feu.
Ils dansèrent la victoire sur les
ennemis, ils dansèrent leur joie
d'être courageux et forts. Le rythme des tambours remplit la tête et le petit corps d'Huchté-
le-Boiteux qui ne dansera jamais.

Alors, avec un cri aigu, il s'arracha du cercle de lumière. Il courut avec sa drôle de démarche vers l'ombre, à l'extérieur du village.

Il courut plus loin encore, boitillant, boitillant, jusqu'à ce que sa douleur éclate. Il se jeta sur le sol boueux de la rivière. Et là, il sanglota tout haut :

– Jamais je ne serai un grand guerrier ! Jamais je ne danserai dans la lumière du feu avec les hommes. Je suis Huchté-le-Boiteux que personne ne remarque, Huchté-le-Boiteux, faible et inutile.

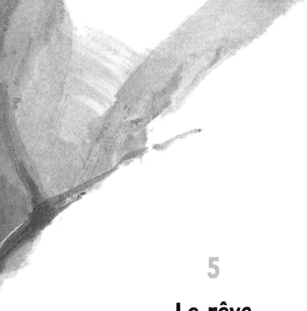

5

Le rêve

Soudain, Huchté entendit la voix d'une fille :

– Huchté ! Que fais-tu là pendant la danse de la victoire ?

C'était Écaille-de-Tortue. Elle l'avait vu pleurer ! Huchté se leva d'un bond malgré sa mauvaise jambe. Il la poussa violemment dans la boue en hurlant :

– Qu'as-tu à m'espionner, araignée ? Va-t'en ! Laisse-moi !

Et Huchté tourna le dos au village. Il s'enfonça dans la nuit cahin-caha, sans regarder

en arrière. Il n'écouta pas les cris d'Écaille-de-Tortue qui lui disait :

– Huchté, je ne te veux pas de mal !

Les larmes coulèrent à nouveau sur les joues du garçon. Bientôt, il n'entendit plus les tambours de la danse de la victoire. Il y avait seulement le murmure de la rivière et, de temps en temps, très loin, le hurlement d'un coyote et le sifflement d'un oiseau de nuit.

Huchté sentit l'odeur de la prairie. Il marcha vers elle. Il avait l'impression qu'elle le prenait dans ses bras. Il marcha beaucoup plus loin que d'habitude, sous le grand ciel plein d'étoiles. Il marcha jusqu'à ce qu'il ne puisse plus faire un seul pas.

Alors il se laissa tomber au milieu des hautes herbes et il se roula en boule comme les chiens pour avoir plus chaud. Bientôt, il n'entendit plus rien.

Il rêva. Dans son rêve, il vit une très haute montagne. Et en haut de la montagne, il y avait la silhouette d'un homme. Huchté se mit à grimper avec l'agilité d'un cerf. Il ne boitait plus. Il faisait de grands bonds et son cœur était joyeux.

En s'approchant du sommet, il s'aperçut que l'homme lui tournait le dos. Il crut reconnaître son père. Il l'appela par son nom :

– Tabloka !

L'homme se retourna. Mais ce n'était pas son père. Il n'avait pas de peintures sur le visage, ni d'armes à la main. Huchté regarda le visage de l'homme : ses yeux étaient calmes comme un ciel d'été. Il ne l'avait jamais vu et pourtant il avait l'impression de le connaître. Huchté regarda le corps de l'homme et il vit qu'il avait un pied déformé.

Alors il tendit la main vers l'homme aux yeux calmes. Et l'homme dit :
— Je suis là.

Le soleil se levait quand Huchté se réveilla sur la prairie. Tout près de lui, un oiseau picorait. Huchté ne bougea pas tout de suite. Il était habitué depuis longtemps à la présence des animaux, il savait comment se comporter avec eux. Lentement, afin de n'en déranger aucun,

même pas une fourmi, Huchté se souleva sur un coude.

Alors il vit le cheval, un vrai cheval sauvage, *sunka-tanka*, le « frère-aux-quatre-jambes », comme disaient les anciens. Il était tacheté, brun et blanc. Huchté se leva doucement.

Il pensa : « Si les oiseaux et les souris viennent près de moi sans peur, pourquoi pas toi, *sunka-tanka* ? »

6

Le retour au village

Le cheval hennit et il fit quelques pas en arrière. Ses grands yeux brillaient, méfiants.

Huchté tendit son bras pour arracher une grande poignée d'herbe. Avec sa bouche et ses narines, il imita les bruits mous de la respiration du cheval. Personne ne lui avait jamais montré, mais il savait le faire. Il lui semblait qu'il le savait depuis toujours.

Et Huchté s'allongea à nouveau sur la prairie. Il tendit la poignée d'herbe vers le cheval. Il se coucha ainsi pour montrer au cheval qu'il ne lui voulait aucun mal. Il resta couché, les yeux fermés, en faisant le bruit du cheval. Le soleil montait dans le ciel, mais Huchté était patient. Il attendait, les yeux toujours fermés.

Lentement, une ombre recouvrit son corps. Huchté n'osa pas ouvrir ses yeux. Il sentit un grand museau doux qui touchait sa main et de grosses dents qui saisissaient l'herbe.

«Il mange dans ma main, se dit Huchté. Le cheval sauvage mange dans ma main!»

Alors il osa ouvrir les yeux. Il osa bouger un peu la tête. Et il vit que le cheval mâchait tranquillement l'herbe qu'il avait prise

dans sa main. Il était beau et très grand. Mais Huchté n'avait pas peur. Il se leva en faisant attention à sa mauvaise jambe.

Il ne fallait pas trébucher ni faire de mouvements brusques.

Le cheval fit quelques pas en arrière, puis il revint, en baissant sa grande tête pour manger encore dans la main de Huchté.

– Doucement, frère cheval, doucement, dit Huchté. C'est Huchté-le-Boiteux qui te parle, qui te donne à manger.

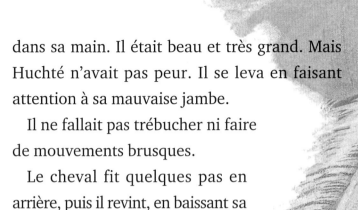

–Tu n'as pas peur de Huchté, n'est-ce pas ?

Il posa sa main sur le cou de l'animal et il sentit la vie qui battait là, plus fort que tous les tambours du monde, car c'était l'ancêtre des tambours qu'il sentait sous sa main: le cœur. Et le cœur de Huchté et le cœur du cheval battaient ensemble, comme un seul cœur.

Alors Huchté comprit qu'il pouvait prendre le grand cou entre ses bras et qu'il pouvait souffler dans les narines de l'animal en disant :

– Je suis Huchté-le-Boiteux. Tu es mon frère, le cheval. Prends-moi sur ton dos pour aller ensemble sur la prairie.

Huchté s'agrippa à la crinière du cheval et il se hissa sur son dos comme s'il avait fait ça toute sa vie. Le cheval trembla, fit quelques pas rapides. Il trembla à nouveau, s'arrêta pour écouter. Car Huchté lui parlait toujours avec une voix douce et calme.

Ce n'était plus la voix aiguë d'un enfant malheureux, mais une voix qui montait du fond

de lui-même comme une chanson, la voix du vrai Huchté. Huchté qui avait le pouvoir de calmer un cheval sauvage, Huchté qui serait un jour le plus grand dompteur de chevaux de toute la tribu.

Il revit soudain l'homme de son rêve, l'homme aux yeux calmes, sans armes et sans peintures. Et il comprit que l'homme de son rêve, c'était lui-même.

Huchté rentra au village sur le dos du cheval. Au bord du grand cercle de tipis, Tabloka l'attendait. Il n'était pas seul.

– *Hiyé heyii !* mon fils ! cria-t-il. Ce soir, nous
danserons ! Ce soir, je te donnerai ton nouveau
nom : Huchté-qui-revient-à-cheval !

Dans la même collection

Retrouve
chaque mois
le magazine